ほのぼの短歌集

精神障害者に心を寄せて

細川久美子

あけび書房

はじめに

1978年9月、法人を持たない北海道生活と健康を守る会連合会（以下、道生連という）の専従として勤務することになり、生活相談員としての任務が与えられました。法律も福祉制度もほとんど知っていない細川でしたが、持ち前の大胆さだけで他人様《ひとさま》の悩みに耳を傾けることになりました。

その相談活動のなかで精神障害者の横式多美子（現在、山崎多美子）さんの相談にかかわるようになりました。相談の内容は、「両親が年金生活になり、面倒を見ることが大変になったので、生活保護が受けられないだろうか」、また、「長いこと入院していたけど退院できるようになったので、住むアパートを探してほしい」というものでした。

その相談のほとんどは実現することが大変なものでした。まず、「親と暮らしてきた子どもなので、子どもがひとりでアパートを借りて暮らすことなどできない」、親はそう思って今まで子どもの面倒を見てきたのです。その親が二つ返事で了解することはそう簡単ではありませんでした。

また、アパートを貸してくれる大家さんにも巡り合えず、なかなか実現しない相談でした。

それでも、精神障害者の生活実態や病気の状況などを横式さんからお聞きするなかで、細川は今まで触れたこともなかった生きざまに遭遇し、心が震える日々を過ごすことになりました。

そのなかで、まず精神障害者の居場所づくりが大事だと思い、国際障害者年を機に道生連の事務所のひと部屋を貸すことになりました。週3日の開設日には病院から外出してくる人たちが多くおり、細川もみんなの相談にのることになっていきました。


多くの精神障害者の要求は、「退院して地域で暮らしたい」でした。その要求に何としても応えたいとの決意から、先に出版した『精神障害者とともに生きる』（あけび書房、2018年）でも書かせていただいたとおり、1996年に道生連の人たちに声をかけ、「精神障害者を支援する会」を立ち上げました。

当時は任意の団体として立ち上げましたが、国の施策が何らかの形の法人でなければならないことになり、2000年にNPO法人（特定非営利活動法人）を取得しました。以来、知的障害者も含めて支援する施設運営を続けています。

そして、『こころから』という会報誌を発行し、その表紙に短歌を綴らせてもらってきています。

短歌を学んだことは一度もありません。したがって、障害者とともに過ごしている日々の中から感じたことを、我流で書いてきたのですが、仲間内では、「あ、これは○○さんのことだ」と話題になっているようです。

長いこと彼らと一緒に生きてきたなかで、彼らの変化、そして、「障害者である」ことを隠さず、胸をはって生きていく日常を短歌という形で残したいと思うようになりました。そして、この度出版することとなりました。出版することを誇りに思っています。

いつまでこの仕事を続けられるかわかりませんが、命ある限り、続けていきたいと思っています。その思いは細川自身の喜びになっています。

2020年6月28日

細川　久美子

第1章

障害者とともに生きて

悲しみと　怒りの合間
かけぬけて
いま安らぎを　郷に求める

この一首は、精神障害者の支援を本格的におこなうことを決意し、２０００年に特定非営利活動法人（ＮＰＯ法人）を取得しての活動が始まり、支援する会として発行した『こころから』の会報誌の第1号に記載した一首です。

一日も早く精神障害者の方たちが地域で自分らしく生き生きと暮らすことができるように…。そのための援助をしようと、精神科の先生の指導も受けながら、地域の町内会長や民生委員の方たちの理解と協力を得て、１９９６年6月に「精神障害者を支援する会」を設立しました。

その活動の証しとして残そうと決めた、そして、その当時の利用者たちの思いや状況を短歌で綴ろうと思った始まりの一首でした。

ふりかえり　また振り返り
郷の冬
旅立つこころ　あかあか燃ゆる

今はなき　母のおもかげ
えがく日は
春の郷にも　その影ゆらぐ

暮れかける　夕焼け空に
過去写し
悲しみそめて　闇に消えゆき

会を立ち上げ、地域にも馴染み、グループホームも3か所できました。作業所に来る障害者の人たちを地域に受け入れる態勢を整えながら、奮闘の日々でした。病院からの紹介などで、瞬く間に満室になりました。支援する会につながった人たちの過去は、想像を絶することばかりです。その人たちで作業所はいつも賑わっていました。

そして、その人たちが昼時は手作りの食事を腹いっぱい食べ、少しずつ笑顔が見えるようになっていく様は、うれしいものでした。支援する会にもすっかり馴染んできた頃には、楽しい行事に参加する人たちの笑いがはじける毎日でした。

ふるさとの　においただよう
　熱き日は
郷の館に　水はじけあう

きらきらと　かがやくみんな
　すいか割り
おたるの海に　水はじけあう

またひとり　友達できたと
　はにかんで
春の郷にも　笑いはじける

訪れし　母とむかいて
茶をする
きみの笑顔に　ほのぼの揺らぐ

働きたいと願う当事者の声に、事務所にしていた一室を作業所として開放しました。デコレーションケーキの箱の一部分を作る作業に参加し始めた頃はぎこちない手つきで、一言の言葉もなく黙々と作業に専念していた人が、新しい参加者にやり方を教えるなどの光景に出合ったときなど、私たちの心を和ませることもしばしばありました。

そして、唯々作業するだけでは息が詰まってきます。楽しいことも大事な課題と考えて、夏には、事業所前でスイカを食べたり、夏祭りを開催したり、海水浴の行事をしたりと、広げていきました。

またひとり　友だちできたと
　　はにかんで
作業おしえる　顔がりりしく

水ひかり　また夏が来て
　　指をおる
ダリアの郷は　君のふるさと

障害を　乗り越えていま
　　幸せを
ダリアの郷で　みなと抱きしむ

貧困の　谷間で生きた
　つらい日々
郷で癒して　みなと語りて

花だより　かすかな音で
　近づきし
ダリアの郷は　花まっさかり

どこで聞いてくるのか、新しい利用者も次々と増えてきました。その人たちの心に触れるなかで、今まで疎遠になっていた家族との絆を取り戻すことにも心を砕いてきました。

時には、利用者のお母さんが亡くなっての対面に付き添い、その悲しみの心を一緒に分かち合いながら日々を費やすこともありました。

寂しいと　か細い声で
　ささやけば
コスモス揺れて　秋風が舞う

会いたいと　はやる心に
　震える手
母の声聞き　涙あふるる

北の夏　色とりどりに
　咲く花も
母の逝く朝　色あせて見ゆ

路上にて　暮らしたひと月
　知った夜
七夕祭りの　空悲しけり

路上での　暮らしの中で
　母思い
海を渡りて　郷に立ちより

病む心　晴れぬる日々ぬけ
　郷に立つ
春のにおいに　心おどりて

後ろ指　指されて生きた
　昨日まで
その衣脱ぎ　リンと胸張る

ただいまは　入院生活
　七か月
笑顔がまぶしい　夏至の朝

精神障害という病いは、私たちの思いを平気で傷つけることも多々ありました。利用者が妄想や幻聴によって悩まされ、利用者に私たちの声が届かなくなってしまうことも、しばしばありました。時としては、1年近く入院して治療を受ける時もあります。契約上は3か月以上入院すると退居してもらうことにはなっていますが、支援する会では、それでも見放さず、ともに生きてきたことは、「家族のように生きよう」という理念があったからだと思っています。

おしゃべりが　止まらないよと
ささやけば
土手の草木が　春風に舞う

光なき　音の世界で
遊びすぎ
仲間の呼ぶ声　闇に消えゆき

約束を　自ら破り
施設《いえ》追わる
心病みし　者の悲しさか

残されし　命三月《みつき》と　告げられて
ふるえる心　閉じて去りゆき

支援する会を立ち上げた頃は、多くの利用者が、今までの苦しみから少しでも解放されることを願って会に加わってきました。そして、年月を経て、やっと安心して生きられる日々を過ごすようになってきました。

しかし、そのような利用者の中で、ガンに侵されたり、また突然死に至るなどという悲しい出来事もありました。仲間とともに彼らを見送るつらさを乗り越えてきました。

初夏の朝　まぶしい光と
　風を受け
新たに生きる　思いを胸に

ホームでの　更生めざし
　決意した
思いは何処へか　心去りゆき

くり返す　同じ過ち
　何が故
母の涙が　風に去りゆき

薬物依存症のSさんを刑務所へ迎えに行った初夏の朝、彼の思いを聞きながら、私自身も一緒に歩こうと決めた日に詠んだ一首です。しかし、Sさんはわずか3か月で挫折し、また、元の道へ戻ってしまいました。

私たちに何ができるのか、考えさせられてしまいます。それでもまた、「助けてほしい」と会にたどり着く人に、また手を差しのべ、かかわっている毎日です。

刑務所からの手紙を受け取って、返事を出したりもします。親兄弟もなくなってしまった精神障害者が居場所を求めてやってきたとき、「来る者は拒まず」で迎えます。これらの日々の中で、働くスタッフにも大変な苦労を掛けていることもしばしばです。

また、精神科だけではなく、がんに侵され、その苦しみも一緒に背負う日々もあります。その日々のなかで、つらい心を隠して他の利用者にも向きあっていかなければなりません。私たちも自分自身を強い心で支えています。

真夜中を　突いて揺れだし
暗闇みを
携帯片手に　安否確認
暗闇を　突いて揺れだし
声を呑む
不安と孤独　闇をつらぬき

２０１７年９月、北海道を襲った地震は、長いところでは３日間ものブラックアウトが続きました。支援する会の事務所は、大きな病院のそばに隣接していたこともあって、その日の夜には明かりがともりましたが、グループホームも利用者の家も停電のため、食事の支度ができませんでした。

支援する会は、朝、昼、夜の炊き出しに職員総動員であたりました。幸いなことに、ダリアの郷支援センターでは、食事を提供していたこともあり、お米も調味料もたくさんあり、炊き出しをすることができ、利用者を安心させることができたのでした。

第2章

運動を通して人の変化に感動

当事者の　願い聞いてと
声上げる
初めてのデモに　瞳かがやき

平和への　願い固めて
一歩ずつ
歩みてうれし　手を振る人に

夏空の　陽のひかり背に
受けながら
核兵器廃絶　心から叫ぶ

晴れわたる　空に向かいて
声上げる
平和の願い　高らかに響き

悲しみに　暮れた年から
立ち上がり
貧困の克服　郷から始める

路上にて　マイク握りて
訴えし
われらの願い　天に届けと

命かけ　闘うことを
　決意して
胸張れるいま　心軽やか

人のため　自分のためにと
　立ち上がり
決意固めて　裁判に立つ

人権を　我らのものと
　知った日は
自ら学びて　他人《ひと》に広げん

差別のなかで今まで厄介者のように生きてきた障害者。その彼らが、ほんの少しずつ学ぶなかで、障害というのは決して差別されるものでないことを知っていく日々。私はその変化に心おどらせる日々を過ごしてきました。

そして、自分の障害を隠さないで生きていく障害者たちは、自分たちの要求を実現しようと声を上げ始めたのでした。路上での宣伝行動や生活保護引き下げに反対する裁判のなかで、今まで生きてきた経緯や暮らしぶりを話せるように変化してきたのです。

そして、支援する会のみんなと語り合えるその姿は、とても凛々しく、ほほえましいものです。

新春に　抱負を述べる
仲間たち
明日への望み　郷につないで

ふるさとを　追われてたどり
郷の夏
生きるためにと　裁判で闘う

生存を　かけて闘う
原告の
胸はりしみな　輝いて見ゆ

暗闇を　照らす光は
　二十五条
守り続ける　新・人間裁判

晴れわたる　五月の空に
　こぶし上げ
平和に生きる　願い届けと

私たちにつながっている障害者の多くは生活保護を利用して生活しています。当然、障害年金を受給している人たちは多いわけですが、その年金だけでは暮らせません。ですから、憲法25条が保障している生活保護を利用して生活しています。

しかし、２０１３年から3年間にわたってその生活保護の中の生活扶助費が削減されました。彼らの多くは食事を自分で作ることや片付けなどもうまくできません。ですから障害者自立支援法で位置付けられているヘルパー制度を利用している方も少なくありません。しかし、コンビニやスーパーなどで出来合いのものを買っている場合も多くあり、倹約することができないため、お金がかかります。

生活保護には「障害者加算」という扶助がありますが、障害三級の人たちには適用されません。

そして、今裁判で闘っている障害者の人たちは生活保護について学び、裁判長に自分の生き様や今の生活実態を聞いてもらうなど、自分の考え方を述べるまでに変化してきました。

第3章

我が人生を社会変革の旅に

戦争を　させてはならぬと
　意気たかく
赤をまとって　こぶし握りしめ

秋色に　染まる九月の
　空曇り
怒りの風吹く　永田町よ

まつりごと　面白いほど
　変化あり
たたかいの花　世論で実り

胸をはり　権利に挑む
わが人生
マイク握りて　心ふるえし

こんなにも　こんなにも反対の
声うずく
若者の叫び　風に舞い散り

群青に　染まりし君の
横顔が
かすかにゆれて　一人酒飲む

友にささげる―。「貧困からの解放」を旗印に掲げる運動を長いこと一緒にやってきた全生連副会長が、60歳という若さでこの世を去りました。彼は、谷村新司の群青が大好きでよく唄っていました。その思い出がこみあげてくる日に詠んだ一首です。

命かけ　生活保護に
　立ちむかう
朝日訴訟の　まちを歩く

弱者への　突き刺す刃
　受け止めて
跳ね返すために　団結の唄うたう

絵筆おり　戦地へ出向く
　恋人《ひと》送り
残りて待つ身の　その心痛む

戦争と　いう怪物に
　飲み込まれ
命奪われし　画学生に涙

貧困が　子ども出稼ぎ
　親悲し
こけし飾って　祈る悲しさ

障害を　持って生まれし
　きみなれど
命の重み　すべて等しき

じゅうくもの　命奪いし
　人なれど
狂いし心に　涙ながさん

眠られず　夜明けの空に
　立ち向かい
心凍らせ　涙をぬぐう

いつの日も　いつの日びにも
　立ち向かう
生きる権利を　我らがものに

助けての　声に応えて
年を重ねて　二十と五年
心あらたに

傷つきて　たどり着きたる
春の午後
ダリアの郷は　皆のふるさと

「精神障害者を支援する会」を立ち上げて、今年2020年で25年を迎えました。「ダリアの郷」では、コロナウイルス感染対策を講じながら年度末ミーティングを開きました。そこで2020年度の進むべき課題などを話し合いました。

みんなの明るい顔が輝いており、「コロナに負けずに、3密を避けながら、ストレスをどう解消していくか」を真剣に話し合いました。まさに、「精神障害者を支援する会」がみんなのお家になっているこど、それをしっかりと受け止めることができる話し合いでした。

あとがき

40年を超える年月を障害者とともに生きてきました。細川の人生の半分となります。長きにわたり障害者とともに生きてきた今、障害者の人権がいかに踏みにじられているかを、改めて考えさせられています。

障害者は65歳になると、障害者総合支援法で「原則　介護保険」へと移動させられます。障害を持つがゆえの生きづらさを保障するはずの法律が、ますます生きづらくしていく枠組みに押し込もう、と障害者に強いる今の政治は、許しがたいものです。

岡山市在住の浅田達雄さんは、その法律を不服として裁判に訴え、その不服が高等裁判所で認められました。しかし、現政権はその判決を認めず、法を改正しようとしません。

それに対し、障害者自らが声を上げて闘っています。
また、自治体による精神障害者に対する差別も改善されていきません。北海道でおこなわれている「重度心身障がい者医療費助成制度」や「交通費助成制度」においても、精神障害者は他の障害者と差別されています。こうした問題に対して自ら声を上げ、自治体交渉もおこなって、少しずつ前へ進めてきています。

もし、このように当事者が声を上げなければ、国も自治体もお恵みとしか見ないのではないでしょうか。北海道でも当事者自らが声を上げ、憲法が保障した「人間らしく生きる」という権利を少しずつ勝ち取ってきました。しかし、まだまだ多くの課題が残されています。

２０２０年春から新型コロナウイルスによる恐怖が広まっています。支援する会の働く仲間と障害者にはストレスが強まっています。ストレスを少しでも和らげるためにどうしたらいいか。精神障害者や知的障害者にとっては極めて重要な課題です。私たちは密になることを避け、支援センターで作業を続けながら、心をいやすことを大切にして過ごしています。

みんなが家族のように生きて今日を迎えることができた…。そのことを心からうれしく思っています。障害者自らが要求を出し合って、みんなと一緒に歩いていくことの大切さを改めて感じ、これからも障害者と共に生きることを決意しています。

最後になりますが、本書の出版にあたって、あけび書房の久保則之代表にお力添えをいただいたことに感謝申し上げます。

2020年6月30日

細川　久美子

細川　久美子（ほそかわ　くみこ）

1939年、樺太恵須取に生まれる。

1977年、北海道生活と健康を守る会連合会に入会。その後、専従役員として生活相談を中心に活動し、今年43年を迎える。

1992年以降、元郵政局（現在の郵便株式会社北海道支社）より障害者第3種郵便の認可を受け、140団体が加盟し、冊子郵送の発行人を務める。

また、NPO法人を立ち上げ、精神障害者を中心とした障害者の支援活動をしながら、全国生活と健康を守る会連合会発行『生活と健康』誌や全国労働組合総連合（全労連）、中央社会保障推進協議会（社保協）などの発行誌紙に社会保障の現状と闘いなど執筆。

『精神障害者とともに生きる』（2018年、あけび書房）、『久美子の相談室』（2019年、アイワード）刊行。

現在、北海道社会保障推進協議会発行『笑顔でくらしたい』に「久美子の相談室」を連載執筆中。

精神障害者に心を寄せて

2020年 8 月10日　第1刷発行

著　者——細川久美子
発行者——久保　則之
発行所——あけび書房株式会社
102-0073　東京都千代田区九段北 1-9-5
☎03-3234-2571 Fax 03-3234-2609
akebi@s.email.ne.jp　http://www.akebi.co.jp

組版・印刷・製本／モリモト印刷

ISBN978-4-87154-179-4 C0095